U0473477

PHILIPPE JACCOTTET
在冬日光线里
A la lumière d'hiver
suivi de
Pensées sous les nuages

〔瑞士〕菲利普·雅各泰 著

宇舒 译

人民文学出版社
PEOPLE'S LITERATURE PUBLISHING HOUSE

著作权合同登记号　图字 01-2019-4135

Philippe Jaccottet
© Editions Gallimard, 1977 for *A la lumière d'hiver*, précédé de *Leçonset Chants d'en bas*
© Editions Gallimard, 1983 for *Pensées sous les nuages*
Simplified Chinese edition copyright © 2019, Shanghai 99 Readers' Culture Co., LTD.
All rights reserved

图书在版编目(CIP)数据

在冬日光线里 /（瑞士）菲利普·雅各泰著；宇舒译.
—北京：人民文学出版社，2019(2024.2 重印)
（巴别塔诗典）
ISBN 978-7-02-015369-5

Ⅰ.①在… Ⅱ.①菲…②宇… Ⅲ.①诗集-瑞士-现代 Ⅳ.①I565.25

中国版本图书馆 CIP 数据核字(2019)第 119436 号

责任编辑　卜艳冰　何炜宏
装帧设计　高静芳

出版发行　人民文学出版社
社　　址　北京市朝内大街 166 号
邮　　编　100705

印　　刷　凸版艺彩（东莞）印刷有限公司
经　　销　全国新华书店等

字　　数　52 千字
开　　本　889 毫米×1194 毫米　1/32
印　　张　5
插　　页　5
版　　次　2019 年 10 月北京第 1 版
印　　次　2024 年 2 月第 2 次印刷

书　　号　978-7-02-015369-5
定　　价　55.00 元

如有印装质量问题，请与本社图书销售中心调换。电话：010 - 65233595

目录

课程 _1
低处的歌 _27
    说 _30
    其他的歌 _42
在冬日光线里 _53
    再次说这…… _55
    在冬日光线里 _57

注释 _77

云下所想 _79

人们看见 _81
云下所想 _91
欢乐这个词 _99
致一位年轻的母亲 _129

对一位死去同伴的抱怨　_133

致亨利·普塞尔　_141

迟来的诗人……　_151

注释　_157

课　程

让他站在房间的角落里。让他去丈量，就像他以往丈量铅，丈量线，那些我质疑着收集起来的铅和线，这曾让我想到他的结局。如果我的手颤抖，让他的灵巧把住它，让它不要飘忽，不要偏离。

以前,
我害怕他,不了解他,勉强活着,
用一些影像遮住自己眼睛,
假装带领着死者和垂死者。

我,被庇护,
被豁免,勉强能忍受的诗人,
将把道路开辟至那里!

现在,风吹着灯,
手更加闪烁不定,它在颤抖,
我在空气中缓慢地重新开始。

在缓慢的云
和清凉下面
远处被山脉孵化的
葡萄和无花果：
也许，也许……

这个时刻到了，导师躺下
几乎再没力气。人们看到
一天又一天
他的脚步越来越迟疑。

不再像水浸进草里
一样经过：
这不可逆转。

当导师

如此快地消失在远方,
我寻找着可能跟随他的:

不是水果做成的灯笼,
不是冒险的鸟,
也不是最纯粹的图景;

毋宁说是被改变的内衣和水,
老去的手,
毋宁说是忍受着的心。

我仅仅想远离
将我们从明亮中分离的,
只将位置留给
被无视的仁慈。

我倾听着与日子和解的
老人们,
我向他们的脚步学习耐心:

他们没有比我更糟的学生。

如果不是第一下撞击，就是痛苦的
第一次爆发：让导师，他的精液
都如此被摧毁吧，
让这好导师如此地被责罚，
让他在重新变得太大的床上
显得像个弱小的孩子，
泪水救不了的小孩儿
当他翻身时，走投无路时，
被钉住时，被掏空时，没人救的小孩儿。

他几乎不再有重量。

承载着我们的土地在颤抖。

他的眼中
开始出现惊愕：允许这事
发生吧。也有一种悲伤，
宽广得如同那降临在他身上的事物，
折断他生命中绿色的，满是小鸟的栅栏。

他，一直爱着他的农田，他的墙，
他，留着房舍的钥匙。

在最远的星星和我们之间，
距离，不可想象，仍然像
一条线，一种连接，像一条路。
如果这是一个一切距离之外的地方，
应该就是在那里他丢失了自己：
不比所有的星星更远，也不更近，
但几乎已经是在另一个空间，
在外面，被卷到可测量处之外，
我们的米尺，从他到我们，不再起作用：
同样，如同一块薄片，从膝盖割断了他。

(丈量吧，勤勉的大脑，是的，丈量
那将我们从仍然未知的星球隔开的，
开辟道路吧，又醉又瞎的人，穿过这些线，
然后看看打破你们手中规则的东西。
在这里，想象这唯一不可穿越的空间。)

哑了。词语间的连接也开始被
拆解。他从词语中出来。
临界线。有一会儿
我们又看见了他。
他几乎再也听不见。
我们要呼唤这个陌生人吗，如果他忘记了
我们的语言，如果他不再停下来听？
他有别处的事。
他和任何事都无关了。
即使转向我们，
我们也像只看得到他的背。

背拱着
为了从什么下面经过？

"谁将帮我?没有什么能来这里。
愿意牵我手的人不愿牵我颤抖的手,
愿意在我眼前放一个屏幕的人不愿照料我去看,
像一件大衣一样日夜在我身旁的人
对这火,对这冷无能为力。
从这儿,我至少断定它是一堵
没有一样机械、一个喇叭能摇动的墙。
以后,没有什么等着我,除了最长的,最坏的。"

他就是这样在夜的狭窄中沉默了吗?

现在他就在我们上面
如同悬垂的山。

他在结成冰的影子里,
只剩下让人敬仰和呕吐。

我们几乎不敢看。

一些东西为了破坏而深陷。
当另一个世界
把它的角插进一具身体
多么可悲!

不要期待
我把光嫁给这铁。

在寒冷的一天，
前额抵着山墙，
我们满怀恐惧和恻隐。

在鸟儿林立的一天。

人们可以将这命名为恐怖，垃圾，
甚至把这些在贫民窟的内衣中
辨认出的垃圾词宣称为：
诗人沉湎于某个滑稽动作，
这不会进入他写出的篇章。

不能说，也不能看的垃圾：
却可以大口吞吃。

同时，
像来自土壤一样单纯。

会不会
最厚的夜也包裹不住它？

无限性连接着什么或撕碎着什么。

人们闻到一阵老神灵的霉味。

灾难
如同我们身上一座塌陷的山。

要制造同样的裂缝，
不可能仅仅是一个消散的梦。

人，如果只是空气中的一个结，
要解开他，是否需要，如此锋利的铁？

所有人，塞满泪水，前额抵着这堵墙，
而不是抵着他的不坚定，
教会我们的难道不是
我们生活的现实？

被鞭子教化。

一股简单的气息，空气中一个轻轻的结，
从时代疯狂之草中逃脱的一粒种子，
什么也没有，除了一个嗓音穿过影子和光
歌唱着飞走，

它们消失了吗：没有任何伤口的痕迹。
那声音被杀死，不如说，有一刻，
这地方平静下来，白天更加纯粹，
我们是谁，让血中有这铁？

人们把它撕碎,把它拔起,
我们彼此紧靠的房间被撕碎,
我们的心弦叫喊着。

如果被撕碎的是"时代的面纱",
被打破的是"身体的牢笼",
如果这是"另一次诞生"?

那人们会穿过伤口的针眼儿,
会鲜活地进入到永恒……

女接生员们如此平静,如此严肃,
你们是否听到了
一个新生命的啼哭?

我,我只看到失去了光芒的蜂蜡,
而不是干燥嘴唇之间
任何鸟都飞不起来的地方。

不再有任何微风。

如同当早晨的风
有办法吹灭
最后一支蜡烛。

我们身上有了一阵如此深的沉默
以至于路上
一颗彗星朝着我们女儿之女儿们的夜而去
让我们听见了。

这已经不再是他。
气息被连根拔起：再难辨认。

尸体。一颗流星离我们没那么远了。

把这带走吧。

一个男人——这轻飘飘的偶然，
雷电下比玻璃和薄纱的昆虫更加脆弱，
好抱怨，爱笑的仁慈的岩石，
这随着工作和回忆，变得更重的容器，
拔走他的气息：腐烂。

谁会复仇？用这口痰。因为什么？

啊，让人擦擦这地方吧。

我重新抬起眼睛。

窗子后面,
白昼深处,
仍然闪过各种画面。

穿梭车或者生命的天使,
修复着空间。

孩子，在玩具中，选择人们把她放置在
死亡附近，一支土做的船旁边：
尼罗河会一直流进这颗心吗？

以前我曾长时间注视这些和月亮之角
一样的坟墓之船。
今天，我只相信灵魂才对这些船有用，
而不是任何芳香植物，任何地狱之牌。

而如果一个孩子温柔的发明
从我们的世界出去，
去到那什么也不会去的世界呢？

或者那发明安慰的是我们吗？在这岸边。

如果很可能（永远也没人知道？）

还有一个今天这样的物种，

具有看起来离今天很近的意识，

那么他所站立的地方会是这里吗，

在这小小的封闭地块，而不是在草原上？

他在这里等待，像等着一个"石子旁"举行的约会，

还会用到我们无声的脚步，我们的眼泪，会吗？

怎么能知道？某一天，或者另一天，人们看到

石子插进永恒的草中，

迟早，不再有客人可以被邀请去

那自身也被隐藏起来的地标，

在不存在的影子中也再也没有影子。

假期说,其实我,只有唯一一个愿望了:
背靠着这堵墙
为了只看白昼,不再看其反面,
为了更好地帮发源于山中的河流
挖个草的摇篮,
在无花果树低低的枝条下面,
穿过八月的夜晚,
带来充满滚烫叹息的小船。

而我现在整个儿在天国的瀑布里，

被空中的种缨包裹，

在这里，和最亮的叶片平等，

勉强悬吊得比喷嘴低，

看着，

听着

——所有的蝴蝶都是失落的火焰，

所有的山都是烟——

某一刻，拥抱着我周围天空

整个儿的圆，我相信了蕴含其中的死亡。

我几乎什么也看不到了，除了光线，

远处的鸟叫是光线的结，

山呢？

日子脚下
轻轻的灰。

然而你,

或者完全消失
然后留给我们比夜晚壁炉的火
更少的灰,

或者隐身在不可见里,

或者成为我们心灵居所的种子,

不论是什么,

将一直是满怀耐心和笑容的模范,
就像阳光照着我们的背而且
照亮桌子,书页,和葡萄。

低处的歌

我看见她很灵巧,装饰着花边
像一支西班牙蜡烛。
她已经像她自己熄灭的,蜡烛。

她在我看来突然很坚硬!

像石子一样坚硬,
石子的一角插进日子,
一把斧子劈开空气的边材。
而这些瞎鸟
尽管如此,仍然穿过花园
仍在光线中歌唱!

她已经像她自己的石子
上面有着虔诚而徒劳的花,零零落落
没有名字:噢不被喜欢的石子
深深地沉进心的边材。

说

1

说很容易，用通用的规则，
划书页上的词，几乎不用冒险：
花边女工的工作，闭塞，
平静（人们还可以向
一支蜡烛索要更温和，更骗人的明亮），
所有的词都用同样的墨水写成，
比如"花"和"怕"几乎是一样的，
我将从高声到低声，白白地重复念书页上的
"血"，书页不会因此被弄脏，
我也不会受伤。

人们也会在恐怖中做这个游戏，
玩着玩着，人们不再知道自己想要
做什么，不会再到外面去冒险

和更好利用他们的手。

这,
就是当人们不再能逃避痛苦时,
痛苦看起来就像某个人走近
撕裂着包裹它的薄雾,
一个接一个推倒障碍,穿过
越来越短的距离——突然这么近
人们将只看到自己的鼻尖
比天空还大。

那么说话看起来就像谎言,或更坏:懦夫
无视痛苦,不介意浪费
我们还剩下的一丁点儿时间和力量。

2

有一天每人都看见了（虽然今天
人们试着向我们隐藏，直到看到火）
纸张在火苗旁变成了什么，
它怎样往后撤，匆匆忙忙，变硬，
散成丝缕……这个有时也会在我们身上发生，
这个痉挛着撤回的动作，总是太晚，
然而几天中又重新开始，
总是更弱，更惊恐，更加一颤一颤，
在比火糟得多的事物面前。

因为火仍有一种灿烂，即使它是毁灭性的，
它是红色，它听任自己被比作老虎
或玫瑰，比作人们可以装出的严厉，
人们可以自以为他们渴望它
像渴望一种语言或一个身体；
或者说，这很久以来
就是诗的物质，它可以拥抱书页
而且因一丛突然更高更激烈的火苗
而照亮房间，直至床或花园

却不会烧到你——就像相反,
人们处在更热心的邻居中,就像
人们还你以微风,就像
人们重新变成一个年轻人,在这年轻人面前
未来没有尽头……

这是另一回事,而且更坏,那让一个生物
蜷缩在自己身上,退到
房间的最深处,求助的
无论是谁,无论怎样:
这是没有形体,没有面孔,没有任何名字的人,
这是人们无法在幸福的图景中
驯服,也不能使之服从于词语之律法的事物,
它撕碎书页
如撕碎皮肤,
它阻挡人们用别的语言说话,除了牲畜的语言。

3

可是有时候,说话是另一回事,
与被空气或干草之盾覆盖相比……
有时就像在四月,在最初的微温中,
当每一棵树变成泉水,当夜,
像是从洞穴一般的嗓子里淌过一样
(要相信比起睡觉,在新鲜叶丛的黑暗中
有更好的事要做),
这东西像一种幸福从你身上升起
如同应该的那样,让耗费
过度的活力成为必须吧,还要慷慨地还给空气
于黎明脆弱之杯中饮得的醉。

那么说话,这从前被称为歌唱
现在人们几乎不再敢这么说的,
是谎言?是错觉?然而,通过睁开的眼
这番话喂养着自己,如同
树用它的叶子喂养自己。
　　　　　人们看见的所有
人们从童年起将看到的所有,

冲向我们的深处,被搅烂,也许变形了
或者很快被遗忘——雨中,
公墓小学小男孩的队列;
一个很老的黑衣夫人,坐在
高高的窗前,她从那儿监视着
鞍具商的小摊;花园中有只叫皮拉姆的黄狗
那儿,一堵树墙
反射出步枪节的回声:
多年的碎片,碎屑——

所有这些在话语中重新升起的,变轻了
这么多,纤细了这么多,以致人们
想象自己接下来淌过了死亡……

4

是否有一些事物更愿意居住在
词语中,而且和它们和谐相处
——人们带着幸福在诗中重新找到的
这些幸福时刻,一束穿过词语如同
擦去词语的光——和对着词语
直立,让它们变质,破坏它们的其他事物:

像话语丢弃了死亡,
或者毋宁说,死亡让词语
也腐烂了?

5

够了!噢够了。
毁坏这只除了烟,什么线也不会再划的手,
然后睁大你的眼睛看:

就这样走远,这只载着你的骨头小船
就这样它插进去(最深的思想
也治愈不了它的关节),
就这样它被苦涩的水充满。

噢缺乏大束的光线,
又无望,他能
替所有人类的老船在这必死的周遭,
获得对苦痛的赦免,更温柔的微风,
孩子般的睡眠吗?

6

我希望不需要影像地说话,只是
推开门……
    对这,我有太多
害怕,太多不确定,有时太多怜悯:
人们无法长久地看
就像鸟在太亮的天空中一样
      而掉到了地上,
人们在自己身上只能确切看见一些影像
或一些梦。

7

那么说话是困难的,如果是寻找……寻找什么?
对唯一的一些瞬间,一些事物的忠诚
这些瞬间和事物降临在我们身上足够低,它们躲藏,
如果是为一只抓不住的猎物编织一个模糊的隐藏处……

如果戴一个比脸更真切的面具
为能和其他人一起,庆祝一个丢失了
很久的节日,那些人死了,在远方或
仍然沉睡,嘈杂声勉强将他们从睡眠中
唤起,这些最初的踉跄脚步,这些胆怯的火
——我们的话语:
只要不知名的手指轻触,鼓就会发出
沙沙声……

8

最后像撕碎破布一样撕碎这些影子,
穿着破烂衣服,假乞丐,穿裹尸布的跑步者:
远远地笨拙仿效死亡是可耻的,
当死亡发生时害怕足矣。现在,
穿着阳光做的皮草,像一个
猎人对着风一样出去,像一股
清凉的水般穿过去,然后加速你的生活。

如果你没那么害怕了,
你将不再在你的脚步上制造影子。

(我很愿拔去你的舌头,有时,它是爱教训人的夸夸其谈者。但从巫师挥舞的镜中看你吧:金子的嘴,长久以来是对你神奇的浊辅音如此自信的源头,你已经仅仅是垂涎的污水。)

其他的歌

噢！我一个时期的朋友，我们变成了什么
我们的血液变暗，我们的希望萎缩
我们将自己变得小心谨慎，吝啬不堪
很快就气喘吁吁——像没什么贵重东西要守，
没什么可啃的衰老看家狗
我们开始像我们的父亲……

那就没办法去打败
或者至少在时间面前，不被打败？
我们听见年龄灰暗的铰链嘎吱作响
那一天，第一次
我们惊奇于走着走着，头就转回到
过去，准备好把自己罩进回忆之冠……

就没有其他的路
除了在老生常谈、谎言的迷宫

或者徒劳的恐惧中衰弱?

一条路,既非
老美人的脂粉和香水般骗人
也不似用钝的工具般呜咽
也不像没了邻居、好斗挑衅、经常失眠的
无名疯子一般结结巴巴?

如果可见之物都站不住脚,如果
美真的不再为我们存在
——嘴唇颤抖着将裙子移开——
我们再另外找,
去更远处找,那里,词语隐藏了
人们领着我们,瞎得不知道什么阴影
或者什么狗是阴影色的,却充满耐心。

如果有一条通道,它一定是看不见的
如果有一盏灯,它一定不是
将女仆的双足带到主人面前的那盏
——当其他人推开门,人们看到她
护着火焰的手变成玫瑰色——
如果有一个词路过,这个词一定不会

只像一个保险条款般登记在这里就够了。

不如我们去范围之外找,或者用我不知道的什么手势
什么跳跃,或者,既不叫"寻找",也不叫"找到"的
什么遗忘……

噢,几乎全都老了,远了的朋友们,
我还在试着不要回到我的轨迹上去
——"还记得花椒树吗,还记得山楂树吗,
燃烧在复活节前夜"……而心
却日渐衰弱,依然在灰烬上面哭哭啼啼——
我试着去做,

然而,昏暗的这边几乎
有太多重量,就在每天,我看见我们下沉
又带着看不见的力量重新站起来,
这力量又能重新击沉我们的地方,谁能击沉它?

人们也将看到这些女人——在梦中或不在梦中，
但总在夜宽广的围墙中——
她们母马暴躁的鬃毛下，
有着真皮光泽的长长温柔眼睛，
不是供应给铺着布的新肉案的肉，
便宜，日常所需，适合独自在两张床单间狼吞虎咽，
而是躲开，然后自我猜测的动物妹妹，
跟自己带扣和花边的界限
不像起伏的波浪跟泡沫之间那么分明，
这温柔的微黄色所有人都想猎取
但武装得更好的却从来得不到
因为她藏在她自己身体的更深处
他不能进入——他是否会装作胜利地吼叫——
因为她只是像她
自己花园的门槛，

或者夜晚的断层
无法摇动其墙,或者一个陷阱,
有流淌着的水果香味,一个水果
但这水果会拥有一种注视——和眼泪。

如果我抵地而睡,我是否会听见
楼下女人的哭声,
和一些脚步声,在寒冷走廊上拖来拖去
或者在荒凉的居住区逃跑时跌倒?

我头脑中有夜晚街道的幻象,
房间的幻象,混杂的脸的幻象
比夏天的树叶更多
它们本身充满着各种画面、思想
——就像一个镜子的迷宫
手提灯将它照得不怎么亮——
我也在我以为找到了出口的
过去的集市里,
我也随着一些身体变得无精打采。
我满脑子都是不真实的日子,和一条
晦暗的河流在活板门上的投射,

我记起河边不倦的嘴——

这一切现在对我来说都在地下了
穿过其自身恐慌之雷声,
和呻吟着的阵阵昆虫的拉锯
我贴着草的耳朵听见了这一切——
给它取个你愿意取的名字吧,但它就在那,
这是确定的,它在地下,阴暗,而且在哭。

停下吧,孩子:你的眼睛不是为了看这的,
再把眼睛闭上一会儿,瞎着睡去,
噢再无视一会儿,让你的眼睛
对天真的天空保持漠然。

再收集一会儿
鸟和光,
你和闪烁的颤抖长成一样,

或者后退——如果你不想在鱼叉下面
因恐惧而叫喊。

快写这本书,快在今天完成这首诗
在你的怀疑重新抓住你之前,
铺天盖地的问题使你迷路,让你失足,
或比这更糟……
　　　　　诗行尽头的流动,
充满你的纸页,在恐惧使你的手颤抖
——让你迷路,让你生病,让你害怕之前,
在空气让位给在某一刻里你仍背对着的什么
(漂亮的蓝墙)之前。
有时钟已经在骨头的钟楼里失常
蹒跚着去劈开钟楼的墙。

写,不是"给劳迪塞教堂的天使",
而是不知道给谁,在空气中,带着
疑虑的,焦急的,蝙蝠的手势,
快,再次用你的手跨过这距离,

再次匆忙地捆扎、编织，将我们穿成，
怕冷的兽类，骗我们变得笨拙，
用白昼最后的金黄裙摆覆盖我们
就像太阳覆盖白杨和山脉。

我努力重新站起来而后看见：
有三束光线，好像是。
来自天空的，来自天国的，
流淌在我身上又消失，
还有我的手在书页上擦去其影子的那束。

墨水像是来自影子。

这天空穿过我，使我惊奇。

人们宁可相信，我们备受折磨
只为更好地指明天空。但这折磨
超越了这些飞翔，怜悯
淹没了一切，和黑夜一样
照耀着泪水。

在冬日光线里

再次说这……

再次耐心地说这,更加耐心
或带着狂怒,但再次说。
作为对刽子手的挑战,试着,
在时间的鞭打之下,说这。
　　　　　你仍然要期待
逃兵突然倒下前最后的叫喊是这样的,
听不见,微弱,无用,
让他逃走,至少让他,如果不是让他的颈背,
逃到死亡之球永不会偏离的地方,
让敞开的宽广土地汇集到另一只
耳朵里,更高,又不是更高,
在别处,又不是别处:也许汇集到
更低处,如同水
陷进花园的尘土,
如同血消散,在未知中,
迷路。

给所有无名牺牲者最后的机会：
让这机会，不在山丘或云层
之外，不在天空之上
也不在明亮的美丽眼睛后面，也不藏进
赤裸的乳房，而是不知怎么地
混杂进我们穿过的人群里，
让这机会，用嗓音无法命名的东西
没什么能丈量的东西，孕育
它最小的小块儿，为再一次
爱上光成为可能
或者仅仅是懂得光，
或者更进一步，仅仅是，看到光
当大地收集了这光，
而不只是它灰烬的痕迹。

在冬日光线里

一

花，鸟，水果，是真的，我邀请了它们，
我看到它们，展示自己。我说：
"那是力量的同样是脆弱"，
很容易说！而且事物一旦
变成了词语，玩弄它们的重量很容易！
人们用轻的种子、微风、汗水建造
以利亚的二轮马车，人们装作
像鸟和神一样穿戴着空气……

脆弱的手势，薄雾或者火花的房间，
青春……
    然后门吱嘎作响着
一扇接一扇关了。

可是我再次说了,
不是血液奔涌所致,也不是插上了翅膀。
尽管没有任何人魅惑我,
我被所有魔术师和神灵出卖,
很久以来被美女躲避
即使在透明的河岸边
甚至在黎明,

    可同时他们却强迫我去说,比
用力把自己的名字刻在学校课桌上的
孩子更固执,

我仍坚持,尽管我不再了解这些词,
尽管如此一来这并不是正确的道路
——像爱的课程一样笔直
朝向靶心,朝向夜晚被点燃的玫瑰,
然而我,我有一根黑暗的手杖
它,从没划过任何路,却毁坏了
岸边最后一棵草,这草
也许在某天被光播下,为了
一个更勇敢的行者……

"是的,是的,是真的,我在工作中看到了死亡
然后,不去寻找死亡,还有就在我身边,我身上的
时间,我赞扬了我的双眼,
颁奖给它!有关痛苦,人们有太长的话要说。
但有一些东西没有被剪刀剪开
或者剪开后又关上了,如同船后的水。"

"再次击毙我吧,用毁灭了神
和仙女的时间之石,
让我知道是什么对抗着他们的路程和他们的
堕落。"

如果这是事物之间的一些东西,如同
花园中,椴树和月桂树之间的空间,
如同当人们涉过一生,不再能思想,
他们眼睛和嘴上的冷空气,
如果这是,嗯,外边儿冒险的
单纯脚步……
　　　　　巧妙的思想,但是什么样的思想,
如果身体的布料被撕开,能重新缝合它?

一个老去的男人是生命里
满满地横陈着铁一般僵硬画面的男人，
不要再期待他用这些喉咙里的钉子唱歌。
以前光喂养了他的嘴，
现在他理性而自制。

然而，人们可以理性思考痛苦，欢乐，
看起来，几乎自在地，论证
人的虚空。人们可以
像我如今在这间还没被毁坏的房间
说话那样去说话，用还没有被
死亡之线缝合的嘴唇，
不确定地说话。
　　　可是，好像
这类话，无论简短或者冗长，
总是专横的，阴暗的，像瞎了一样，

不再及物，不及任何物，不停地
转向话题本身，越来越空，
而此外，离话题却更远或者仅仅是
搁置一边，维持着话题长久以来的僵局。
那么词语是否应该让人感觉到
它们所没有抵达的，那些逃离词语的，
词语并非其主人的，它们的反面？

我再一次在词语中迷路，
它们再次制造了屏障，我不再能
正确使用它们，
　　　　　　当剩下的未知事物，
镀金的钥匙，总是躲避到更远处，
当天已经暗下来，我眼睛的白天……

二

现在帮帮我，黑色而新鲜的空气，黑
水晶。轻轻的叶子勉强移动着，
如同沉睡了的孩子的思想。我穿过
透明的距离，而
这样在花园里走着的就是时间本身，
如同它在更高处走着，从屋顶到屋顶，从
星星到星星，这经过的就是夜晚本身。

我走了这几步，在重新登上
那地方之前，我不知道有什么在等着我，是
温柔或迂回的女伴，我们梦中
如此温顺的女仆还是衰老的哀求的脸……
白天的光线，隐退着
    ——像一副面纱
掉下，周围的美丽赤足
有一刻变得可见——
    光线揭开乌木
和水晶的女人，穿黑丝的高个儿女人
她的目光仍为我闪耀

她或许已熄灭了很久的双眼。
白天的光线隐退了,随着时间经过,
以及我在花园里,被时间驱使着,
向前走,她泄露着自己,
　　　　　　　另一些东西
——越过被不停跟随的美人,
越过从未有什么被邀请的舞会上的皇后,
随着她再也勾不住任何裙子的金搭扣——
更加隐秘,却更加近的其他东西……

平静的影子,费力颤抖着的灌木丛,和颜色,
它们也都,闭上了眼睛。黑暗
洗着大地。
　　　　就像
绘着白昼的巨门在它看不见的
铰链上转过去,然后在夜晚我出去了,
我终于出去了,我走过,而时间
也紧跟着我经过了门。
　　　　　　黑色不再是这堵
被白天熄灭的烟灰玷污的墙,
我越过它,是明澈的,沉默寡言的空气,
最终我在平静下来的叶子中向前走,

最终我能走这几步,如同
空气中的影子一样轻,

时间之针在黑色的丝绸中闪耀和奔跑,
而我手中却不再有尺子,
只有一些清凉,一种黑暗的清凉
在白昼来临前人们采集它快速的香气。
(很短的事物,外边几声脚步的时间,
但比法师和神灵更奇特。)

一个陌生女人滑进我的话语中,
好看的花边面具,在网眼之间,
是两颗珍珠,几颗珍珠,眼泪或者目光。
可能从梦的房间出来,
她经过时裙子擦伤了我
——或者也许这黑丝绸已经是她的皮肤,她的长发?——
我已经在跟着她,因为衰弱
和几乎老了,所以如同在跟随记忆;
但我和她碰见并不比其他人更多
那些人,有人在庭院或住所门口候着
那里,白昼太早回来,转动着钥匙……

我想我不该让她
出现在我的心中;可是也不允许
让她占据一点位置吗?让她靠近

——人们不知道她的名字,但饮着她的香气,
她的气息,而如果她说话,还有她的低语——
然后永远不可靠近,让她走远
经过,当刺槐纸的灯仍在亮着时。

许我让她经过,再看到她一次,
然后我将离开她,甚至她都没注意到我,
我将抬起这疲惫的脚步
然后,点燃灯,重拾纸页
有着更贫弱更正确词语的纸页,如果我能够。

十一月的云,你们这些成群的阴郁的鸟,在地上
拖着,
经过之处掉落一点儿你们肚皮上的
白羽毛给山脉,
荒凉道路的长镜子,沟堑,
越来越清楚和宽广的土地,草的
坟墓,且已经是草的摇篮,
      对你说谎的秘密,
有一天人们会再也听不到这些吗?

听,更认真地听,在
所有墙后面,穿过你身上与你之外
不断增长的喧嚣,
听……然后在看不见的水中舀汲
那里,或许看不见的牲畜们仍在一批接一批
饮着,它们一直就这样,在夕阳中

寂静，白色，缓慢地到来，
（从温顺的黎明开始，它们就在大牧场的阳光中），
舔食这盏夜晚不熄灭的灯
但只是勉强，被影子覆盖，
如同羊群被阳光的大衣盖着。

……而天会整个冬天都是温和的吗，
有时维纳斯或许将出现在犁铧上
出现在矿泉泥和黎明的水蒸气之间，
耐心地使过这犁铧的耕作者
他是否将看见在三月，贴着地，
一颗不同于其他草的草生长？

所有再次重新降临我的——不很经常——
只是梦吗,或者在梦中
是否有一个映像应该保存
如同人们保存被风毁坏的存在之火,
或者人们能够在祈祷时将祭酒洒进土壤
在这土壤上,我们的脚步插进去之前
变得更慢,更踉跄?(脚步已经陷进去。)

人们将永不再喝的水,太衰弱的
这些眼睛将不再能看见的光线,
我还没有停止思考它们……

但黎明之杯折断得有点儿太快,
整个世界只是一个土壤的容器
现在人们看到它的裂缝在增大,
而我们的头颅是一个金罐

很快就好扔掉。

可这是什么,里面的,这用来喝的
苦涩或温和的水?

有时泪水涌上眼睛
如同泉水,
它们是湖上的薄雾,
内在日子的混乱,
被痛苦撒了盐的水。

求助远方神灵
求助哑的,瞎的,拐弯抹角的神,
求助这些逃兵的唯一恩惠,
不就只是所有
洒在旁边脸上
进入看不见的土地
让一支永不干涸的小麦发芽的泪水?

冬天，晚上：
　　　　　然而，有时，那地方
像一个木头做的房间
有着越来越暗的蓝色窗帘
那里火最后的倒影耗尽，
然后雪对着墙燃着
像一盏冷灯。

或者这已经就是月亮？它升起时，
用一切灰尘
和我们口中的水汽沐浴。

听,看:不是从土地中升起一些
东西吗?从低得多的地方,
如同一缕光线,被波浪升起,如同一个受伤的
拉撒路,对白色翅膀缓慢的
拍动感到惊奇——然而有一刻一切都安静了,
而我们真的就是在这里,很惊慌——
不是也有更白的东西,从比天更远的地方
降临到,他们在其他飞行中的相遇吗
——为了不在泥泞的根中被穿过——
现在它们不是争先恐后跑着
越来越快,以与爱相遇的
方式吗?

啊,想想这个吧,不管它是什么,我说
说这能看见,
说你们将再次懂得像这样奔跑,
但却完全藏在夜晚粗糙的大衣里。

现在我想要雪下在所有
这一切上面,慢慢地,
想要它一整天都停在这些事物上面
——总是用低沉嗓音说话的雪——
我想它将种子的睡眠
这样保护起来,更耐心一些。

然而我们知道太阳将,
再次,去到冥界,
还有,如果它感到厌烦,它仍会在某一刻再回来
像蜡烛在变黄了的屏幕后面,让我们看得到。

那么,我会重新记起这张脸
它一直,也是,在
湿水晶缓慢的崩塌后面,
带着自己清澈或含着泪水的眼,变换着,

不耐烦地忠实着……

      然而,被雪遮盖的我,
再次大胆赞扬它们蓝色的明净。

忠实的眼睛越来越疲弱,直到
我的眼睛闭上,而在我的眼睛后面,太空
像一把着了色的扇子,它将只剩下
一个易碎的金柄,其他星球唯一的
没有眼睑的眼中一条结冰的轨迹。

注　释

《课程》写于1966年11月和1967年10月之间。这部分诗于1969年10月由瑞士洛桑的帕约（Payot）出版社初版，1971年4月在《诗集1946-1967》中原封不动再版，这里呈现的是修改版。

《低处的歌》，写于1973年5月和9月之间，1974年10月由帕约出版社初版。现有的文本包含几处修改和两处添加。

这是两本哀悼的书。

《在冬日光线里》中，卷首诗作于1974年1月至9月，第一部分初稿作于1974年9月，1975年11月至1976年1月修改，第二部分作于1976年1月。

云下所想

人们看见

人们看见小学生们大叫着在庭院
厚厚的草丛中奔跑。

安静的大树
和九月十点钟的光线
像一帘新鲜的瀑布
再次将他们遮蔽，用照耀着
彼岸星星的巨大铁砧。

灵魂，如此怕冷，如此怯生，
它是否真的应该不停走在这冰川上，
独自，赤着脚，甚至不再会拼读
它童年的祈祷，
不停地被寒冷惩罚，因为自己的冷？

这么多年,
而真的这么少的学问,
这么虚弱的心?

连过路人支付的最粗糙的螨虫
也没有?如果他靠近。

——我储备了草和疾流的水,
我将自己保持得很轻
为了让小船少陷下去一些。

她靠近圆镜子
镜子如同不懂说谎的
孩子的嘴,
她穿着蓝色卧室里的裙子
裙子也在变旧。

头发很快将是灰的颜色
在时间很缓慢的火下面。

拂晓的阳光
再次强壮着她的影子。

在涂白了窗框的窗子后面
(对着飞虫,对着幽魂),
一个老人花白的头倾斜着
对着一封信,或者国家的新闻。
晦暗的常青藤抵着墙生长

保留着它们,常青藤和石灰,
黎明的,太长夜晚的,另一个永恒之夜的风。

有人编织着水（用金线织着
树的图案）。但我白看了，
我没看见女织布工，
甚至没看到她的手，那人们想触碰的手

当整个房间，织机，布
蒸发了，
人们应该在潮湿的土地上认出脚印……

有一段时间某人仍在光的茧中。

当他自我控诉（缓慢地或突然一下），
人们是否至少能造出夜晚
孔雀的翅膀，上面覆盖着眼睛，
好冒险进入这黑与这冷？

人们看到这些东西经过
（即使手有些颤抖，
如果心踌躇的话），
和在同样的天空下的另一些：
花园中血红的葫芦，
如同太阳的蛋，
老年色——紫色的花朵。

这夏末的光线，
如果它只是另一缕光线炫目的
影子，
我几乎也不那么吃惊。

云下所想

——我不一定相信我们将进行这次旅行
穿过所有越来越亮的天空,
被带去,挑战阴影的所有律法。
我看见我们病弱得像不可见的鹰,永远
围着因过度的光,而同样不可见的
峰顶盘旋……
　　　　　　　　(要积攒时间的碎片,
人们就做不到永恒。只是背驼得
像拾穗女。穿过我们
坚韧的墓碑,只看见整块的耕地,
和犁的轨迹。)

——这是真的:所有这些天,人们几乎将看不到

阳光,
在这么多云下面,满怀希望更不容易,
山的底座冒着太多雾气……

(可是,应该是:因为缺少一点儿阳光,
我们几乎没有力量放弃
而且不能扛一捆云在肩上
扛几个小时……
我们应该保持足够的天真
去相信我们被天空的蓝拯救
或者,被暴风雨和夜晚所责罚。)

——但是你觉得会再去哪里呢?带着这残损的
脚步。
是仅仅将房间的角落转个向,还是再一次,
跨过哪一条边界?

(孩子梦想从山的另一边出发,
有时旅行者这样做了,他在天上的气息

变得可见,如同人们说死者的灵魂……
人们寻思着,他在雪的镜子里
看到什么样的画面经过,什么样的火焰发光,
还有,他是否发现后面有一扇半开的门。
人们想象着,在这遥远的地方,这可能是:
镜中燃烧的一支蜡烛,近旁一只
女人的手,一个门洞……)

但是你在这里,如同我发现了你,
你将不再有力气在水晶长笛声中畅饮,
你将对昂贵旅行中的钟声充耳不闻
对随阳光转身的灯塔视而不见,
成为一个拙劣的航行者,经过同样狭窄的航道……

人们发现,你在耕地的裂缝中病情好转,
流着死者的汗,而那耕地
与其说被带向最后的自负的天鹅,不如说被
翻松……

——我并不一定相信我们还将进行这次旅行，
也不相信一旦目光之翅不再拍打
我们将逃往昏暗的斧子。

一些过路人。人们不会再在这些路上看到我们，
我们更不会再看见我们的死者
或者仅仅是他们的影子……
        他们的身体成了灰，
给他们的影子和他们的记忆也铺上灰；而灰本身
被一阵没有名字和没有脸孔的风吹散了，
而这风呢，什么又将它擦去？
      可是，
经过时，我们将再次听到
云的下面，鸟的叫声
在空洞的十月正午，一阵寂静中，
这些散乱的叫声，既近，同时又像很远
（这些叫声很稀少，因为，寒冷
在向前走，如同雨水犁过后的一个影子），
这些叫声丈量着空间……
       而我从这叫声下面经过，
在我看来，它们在说话，不是提问，呼唤，
而是回答。在这十月低低的云层下。

而这已经是另一天了,我已在别处,
它们已经在说着另外的事,或者,它们沉默,
我经过,我惊奇,而我什么也说不出来。

欢乐这个词

我想起最近的一个夏天，当我再一次走在乡间，"欢乐（joie）"这个词，从精神上经过我，使我惊奇，如同有时一只鸟穿过天空，并不在人们的期待中，也没能立即被人们指认那样。开始我觉得，有一种韵脚来给它制造出回音，就是丝绸（soie）这个词；不只是随意联想，因为这一刻夏天的天空，如同以往一样亮、轻和珍贵，让人想起巨大的丝绸旗帜，带着银色的投影，漂浮在树和山丘之上，而这时候，总也看不清的蟾蜍在让自己从芦苇蔓生的深沟往上蹦，而蛙声，尽管用力，却像镀了银，像来自月亮。这是一个幸福的时刻；但和"欢乐（joie）"一样的韵脚并不因此就是合理的。

这个词本身，这个让我吃惊的词，这个我觉得我不再特别懂得其含义的词，嘴型是圆的，如同一个水果；如果我开始梦到它，我应该从银色滑向了金色（银色是当我突然想到这个词时，我行走于其中的风景的颜色），还从夜晚的时间滑向了正午的时间。我重新看见了骄阳下收获的景色；这并不够；不应该害怕让变形的酵母继续活动。每一粒穗变成了一个铜的工具，田野变成了一支麦秸和镀金灰尘的乐队；爆发出一阵洪亮的巨响，开始我以为是火灾，但不是：它不可能是狂怒的，凶残的，也不是野蛮的。（也不带给我精神上的快乐图景，或者快感。）我试着再听清楚些这个词（几乎可以说它从一种陌生的语言，或者死去的语言中降临我）：水果的圆，小麦的金，铜管乐队的狂喜，所有这些中有着真实，但缺少本质：就是完整，而又不只是完整（完整中有些静止不动的，封闭的，永恒的东西），它是一个地方的记忆或者梦，虽然满，虽然完整，却不停安静地，极端地，变宽大，敞开，朝向这样一个庙：（它的柱子只携带着空气，就像人们在废墟中看到的一样）它的柱子与不确定性相分离，却没有打碎两者之间看不见的联系；或者来自以利亚的二轮马车，马车的轮子与银河相称着增大，轴却没有断。

这个几乎被忘记了的词，应该是从这样的高度回到了我身边，如同一场幸福大暴雨的极端微弱的回声。因此，在另一年的冬季诞生时，在一月和三月之间，从这个词开始，我开始，不是思考，而是听和收集一些迹象，开始随着画面改道；我懂得，或者懒洋洋地确信，我不能做得更好，哪怕冒着在打击之后只能留住一些碎片的风险，甚至这些碎片是不完善和几乎不严谨的,如此,这个冬天的尾巴在旁边划了几杠,把这些碎片带给了我——离偶然瞥见的骄阳很远。

我如同某个在薄雾中挖洞的人
寻找着逃往薄雾的东西
因为听见了更远一点儿的脚步
和过路的陌生女人间的谈话……

（薄雾中不再看得特别清楚的人，让他相信和野蔷薇
一样的孩子……
他在冬末的阳光中走了一步

然后重新深呼吸,又冒险走了一步……

他从没有被套在我们的日子上
也没有自由得像在空中牧场里抖动着的牲畜,
不如说他有薄雾的气质,
寻找着将薄雾驱散的一丁点儿炎热)

所有的欢乐都很远。很可能已经太远,
就像他觉得他一直都这样,甚至孩童时,
如果他更清楚地记起膝盖擦到的一只
潮湿灰雀的香气
还有花楸树在红色小径上
投下斑点的花园里,他妈妈年轻的脸

他就不会再走,即使走到他花园的深处

如同用尽力气的奔跑者
把白色的木棍递给接替他的人,
而在那个人身后,他的手上就什么也没有了,
没有重新开花或者能点燃的树枝?

那我就发明了,大地粗糙的的画布上
夕阳的画笔,
洒在牧场和森林上的夜的金色油彩?

而这就像桌子上跟面包放在一起的灯。

记得，在乱了阵脚的时刻，
用你衰弱了的双手在这薄雾中舀，
收集这一丁点儿稻草做苦难时的窝，
那里，在你沾上污迹的手心里：

它也许会在手里闪耀
如同时间之水。

石子上白昼勉强变得更黄，更长，
你没法再修补我了吧？
最后不再那么胆小，越来越强的阳光，
缝补了我这颗心。

给你盖了拱顶，让你能将影子提起来
抖落你肩头寒冷的那簇光线，
一直以来我只寻求懂得你和遵从你。

这二月是你重新站起来的月份
非常慢地站起，像个被摔在地上的角力者
而且二月将带走这角力者——
把我举到你的肩上吧，
重新洗涤我的眼，让我醒来，
把我从地里拔起，我本懦夫，但在这时间之前
让我不要再像懦夫一样咀嚼土壤。

只有穿过这相同的碎片我才能说话
对石子说,而应该举起这些石子,连同它们阴影
的部分
人们撞上了这些阴影
它们比石子更分散。

但是每天，也许，人们可以重新拿起
扯破了的丝线，一针一针，
而这就像，夜晚，在更高远的空域，
将星球重新，缝到星球……

(临终的祈祷：黑蜜蜂的
嗡嗡声，如同去缺席
花朵的最深处采集
那我们从未尝过的制造蜂蜜的东西。

人们就这样听到僧侣的嗓音
活在世界之顶
和堡垒一样的庙宇深处
站在不知名的风经过的地方
风的号角聚集着暴力。

僧侣的锣雷鸣
或者像一块冰裂开

僧侣们自己也用最有力的嗓音唱着
而那从未听到过的最低音，

就像牛反刍着它们的圣诗,
这些牛都一只套着几只,不停耕作
永恒这块耕不动的土地。

这些牛会弄错吗?这样从黎明到黄昏,
拉着犁铧冻成冰的犁。

这些牛和山相称的嗓音
会让它们自己敬畏吗?

现在人们从远处听到牛的声音,
我们这些嗓子被摧毁的口吃者,
在微小的风中分散如稻草。)

在山里，没有风的下午
在胡桃木依然赤裸的枝条上
发亮的乳状光线中，
在长久的沉默中：
水的耳语
有片刻，伴随走过一段路，
能看到水在发亮的稻草秆中，
在灰尘里杯子的爆裂中，
水明亮和虚弱的嗓音
像被吓坏的山雀。

这天早上,轻雾中有一面圆镜子,
一面银盘快要变成金色,
有更加热烈的眼在那里看到
她的脸就够了,她正温柔小心地擦去
夜里她的标记……

而在依然灰色的白天里
这里那里奔跑着苍白火焰的冠
椴树的新枝……

如同人们现在在二月的花园看到

树叶的这些小火焰燃烧着

(似乎不是在清扫园圃

而是在帮助光线变强),

我们不能再带着我们让人看不见的心,

照样做了,这确实是真的吗?

看她用她全新的腿跑着
去遇见爱
如同一条玻璃的小溪敲在岩石上,
满是匆忙,满是笑声!

是潮湿的草场上燕子的鞭子
在催促她吗?

现在我们在这些山路上向上走
在像窝一样的草场之间走
这里,云像牲畜,在风的鞭打下
刚刚重新站起来。
空中好像走着一些巨型物。

光线变强,空间增大,
山看起来越来越不像墙,
山发着光,山也在增大,
高大的守门人在我们之上来来往往——
在天上,喷嘴缓慢划着的那个词,
如果空气擦去了它,是否我们想念过的那个人
就再也听不见了?

我们在那里越过了什么?

一种幻象,和蓝色的耕地一样?

我们将不止一刻,保存着肩膀上,
这只手的指纹?

空气中浮现出一支叶脉明显的玫瑰
逐渐几支,像浮现在一只年轻的手的皮肤下面
这手挥手致意,或告别。
光线中渗进一种温柔
像要帮忙穿过夜晚。

同样多的羽毛,斑鸠,做你的翅膀,
同样多温柔的嘈杂在你的唇上,未知的嘈杂。

痛苦，冲刷出沟壑，
寒冷赢了，
有时人们就像不再有皮肤，
只有骨骼像石头：
一个石头的笼子，中间有个冷炉子，
一种监狱之地人们不知道那儿
是否还有人需要放出来，
钥匙撞在栏杆上
发出硬而沉闷的响声。

痛苦用荨麻一样的黄绳子
扎下了根
脸变暗了。
脸是如此粘的植物
只有火可以对它保持理智。

他看起来像藏起来了,带着惊恐,在黎明的光线中
像在玫瑰花圃深处;
那儿他吸着一阵如此的香气
他觉得那香气,随着他,逃进了薄雾的栏杆。

哦!他怎样地注视着,这晨曦,
这山之铁上的一丁点儿火炭,
铁每天早晨远离一点儿!
他是如此地记得!他是如此地记不清:
当脸,当身体也变成玫瑰色
在鸟含混的第一声冒险而啼中!

云建造在一列列石子上
一朵垒着一朵，
像轻轻的穹顶或者灰色的桥拱。

我们可以几乎不戴什么，
勉强戴一顶金纸的冠；
在第一根荆棘处
我们呼救我们颤抖。

让人们指给我看,那可能打败了确定性的
那从那里开始在宁静中闪耀光芒的
像一座山熄灭了宁静
而且从不在夜的重压下颤抖。

这山在我的心中有两重。

我背靠着它的影子,
我将它的沉默收集到我手上
为了让这沉默在我之上和我之外蔓延,
扩展,缓和一切,净化一切。

我在这儿穿着这山如同穿着大衣。

但好像,比山,和所有从它的熔炉里
出来的白色薄片更有力的,
是笑容这把脆钥匙。

人们重新打开了这些大书：
它们论及要搬掉的城堡，要跨越的
河流，充当向导的鸟……

他们的话，
就像被收进了蓝旗帜的褶皱
被一阵不知哪里来的风激发
以至于到最后，人们在上面再也读不到任何
句子。

或者这些句子就像行走在顶峰之间，
巨大，勉强听说过，无法理解，
除非它们以心的热度
雪一样落在我们的赤足上。

这建造庙宇的光线

这些石头基座上的蓝柱子

在基座脚下我们满怀喜悦地走着

(在粗糙的台上放着些简单的东西

形似蒙灰的星星,

我们的手浸进牲畜的槽

像浸进装着闪闪发亮的水的石棺),

这岩石上至高的光线,

将火的圆盘带到横梁的中心

亮瞎了我们的眼,

如果这光线对泪水,没有力量,如同看起来那样,

怎样再次爱上它?

白蜡树做的里拉铜琴
在雪中长久地闪亮。

然后,当人们再次下来
遇见云朵,
人们很快听到河流的声音
河像穿着雾的毛皮。

沉默吧:你想说的
将盖住河流的声音。
只听就好:门打开了

致一位年轻的母亲

我听见在哭泣的你,锡安的女儿,
在映照着你笑容的摇篮旁
在如今被严酷的夏天汲干了的摇篮旁,
忍受!别让你的抱怨变成
撕碎天空的喊叫。

有人将会来把你的泪水打成捆。

(他的砂轮自古以来就在星球之间转着。)

然而,谁知道呢?如果你不会对
日出时他带给你的这面包又有胃口。

对一个死去同伴的抱怨

现在又多一个人进到这隘路
也许，在我们面前，没几步。

咽下恐惧，他的皮肤在眼睛旁打颤。

他所穿戴的如此纯粹的话语
破布片般掉下。

啊！再递给他装满夜晚空气的一杯，
再为他保留一刻这弄脏
附近岩石的炭黑。

我们不会跟随他到很远。

我几乎不能再歌唱,歌者说,

人们割掉了我的舌根,

我不能比前行的影子看得更远,

人们割掉了我眼睛的根。

树叶和云

还有你黑夜的脸和另一张白天的脸,

深深的草场,越来越宽广的远方,

人们将会白白注视着你,向你询问,

如果你只是树叶和云,草和山丘,

如果你对我们不是一种宏大的救赎。

一阵有点儿清凉的风熄灭了你,

如同这些寒冷的痛苦驱走了

我们身上虚假的影子。

这真的是让光线出现的痛苦吗？
如果当痛苦这工具稍许深挖
人们就不再能充当镇痛制剂。

人们想要,为这应该跨越的一步
——如果可以说到跨越
那里栈桥看起来是断了
对岸被攫进薄雾
或者薄雾本身,更糟:深渊——
在铁丝网般带刺的风中。
人们想要包裹着他,如同他被音乐撞伤一样被
撞伤……

而只是没有任何音乐保护
相同的叮伤;
毋宁说这音乐稍许抬起,有区别地倾斜
而且有时,好像在说:
"在我带着你的地方,如果你倾听我,
最坏的冷,最坏的影子很快就只是
被你们遗忘的老兽群,

就像石子间蜕下来的蛇皮,
闻所未闻的事物,我就是它被黑暗
反射的回声,这回声有时长大,赢了,
就像你们看见白昼赢了
在山谷最深的褶皱里……"

是否可能,他这样被包裹着
停止了颤抖
只是表面上被折断和击败?

你们,在内心的天空将你们系牢又解开的
缓慢的嗓音,
如果你们不撒谎,就拿走这嗓音,从你们的网眼中
它比河流上光线织成的网眼更明澈。

(我说得更低声了,在那儿恐惧战胜了我
以致,差一点儿,我就沉默了。)

因为审讯,它会继续!
我看到审讯在两场庭期之间,正暂息:
他们没有安排这场审讯。

那么被派往星际的人,这审讯对你做了什么?
它寻找过你。你折断了它的动脉。

而在晦暗的箱子上
光线并没有遮住自己。

致亨利·普塞尔

听:怎么可能
我们困惑的嗓音这样掺杂进
星群?

他让他攀登天空
顺着玻璃台阶
借助他艺术中青春的恩惠。

他让我们听到母羊经过
母羊在天国夏日的灰尘里互相紧挨
我们从未喝过它们的奶。

他把母羊们集合到夜间的羊舍
那里一些稻草在石头间闪亮。
声音的栅栏关上了:
这温和的草的清凉传到永远。

不要相信他触到了一种柏木和象牙的
工具,如同看起来的那样:
他握在手上的
是这把里拉琴
织女星是打开这里拉琴的蓝色钥匙。

对着他的明亮,
我们不再制造影子。

倾听着夜的你,想想那对你而言
见所未见的事物,可能是
一场非常缓慢的
水晶之雪。

人们想象着一颗彗星

在几个世纪之后

从死亡王国归来

而且，今夜，会穿越我们的王国

在此撒下同样的种子……

没有疑虑,这一次旅行者们
经过了最后一扇门:

他们看到天鹅在他们之上
闪烁。

在我倾听你时，
蜡烛的反射
在镜中颤抖
如同一束火和水
编织在一起。

这个嗓音，它难道不也是另一个
嗓音的回声，一个更真实的？
这回声是否将听见，那在刽子手
总是太迟缓的双手之间
挣扎着的？
我会听见吗？

万一他们在我们之上谈论
在布满四月的那些树之间谈论。

你坐在
这把竖琴前,它像高高竖起的织布机。

尽管不可见,我还是认出了你,
织着超自然溪流的织工。

迟来的诗人……

迟来的诗人说:

"我的精神一点点散成丝缕。

就连蜀葵和山雀在我看来也很远,
而远方越来越不确定。

我几乎可以要求
人们替我卸下这一包光线:
可笑的荣耀!"

美人们,你们中的谁,将回答?

难道不是你们中的一员
朝他转过去,即使什么也不说?

当那些泉水像一群兽,四散
好像有一天会被赶到草场的一群兽……

瞧，后来
所有旧日的音乐变成汹涌的泪水
涌上他的眼眶：

"桂竹香，灰雀回来了，
草和乌鸦重新开始，
但是等待呢，等待在哪里？被等待的人们在
哪里？
人们永远不会再渴？
它不再是新削下一截
好让人们用手握住的瀑布？

所有的音乐后来
为你装上一个泪水之鞍压着你。"

可是，他还在说，

他的嘈杂声向前走如同一月的小溪
带着每一次树叶的擦伤
一只恐惧的鸟叫着逃到了暂晴之地。

注　释

《人们看见》作于 1976 年 9 月至 10 月。

除其中一首外，1976 年秋发表于《黏土》(*Argile*) 第 11 期。

《云下所思》作于 1976 年 10 月。

1978 年冬到 1979 年发表于《黏土》第 18 期。

《欢乐这词》作于 1981 年 1 月至 1982 年 1 月。

《致一位年轻母亲》作于 1981 年 8 月至 9 月。

《对一位死去同伴的抱怨》作于 1981 年 7 月至 12 月，以此纪念皮埃尔-阿尔伯特·乔丹（Pierre-Albert Jourdan）。

《致亨利·普塞尔》作于 1981 年 9 月，在圣于连-勒勃弗（Saint-Julien-le-Pauvre）举行的詹姆士·堡曼（James Bowman）音乐会之后。发表于 1982 年 4 月《新法兰西杂志》(*NRF*) 杂志第 351 期。

《迟来的诗人……》作于 1981 年 12 月至 1982 年 1 月。